· 小柏拉图的哲学故事 ·

雅典娜的惩罚

[意]埃米利亚诺·迪·马可　著　[意]马西莫·巴奇尼　绘

陈婉霓　谭钰薇　译

海豚出版社
DOLPHIN BOOKS
CIPG　中国国际出版集团

图书在版编目（CIP）数据

小柏拉图的哲学故事. 雅典娜的惩罚 / (意) 埃米利
亚诺·迪·马可著 ;(意) 马西莫·巴奇尼绘 ; 陈婉霓,
谭钰薇译. -- 北京 : 海豚出版社, 2021.3
　　ISBN 978-7-5110-5147-9

　　Ⅰ . ①小… Ⅱ . ①埃… ②马… ③陈… ④谭… Ⅲ.
①儿童故事 – 图画故事 – 意大利 – 现代 Ⅳ . ①I546.85

中国版本图书馆CIP数据核字(2020)第263425号

著作权合同登记号：图字01-2020-7159

Original title：
Texts by Emiliano Di Marco
Illustrations by Massimo Bacchini
Copyright © (year of the original publication) La Nuova Frontiera
The Simplified Chinese is published in arrangement through Niu Niu Culture.

小柏拉图的哲学故事　雅典娜的惩罚

[意] 埃米利亚诺·迪·马可　著　　[意] 马西莫·巴奇尼　绘　陈婉霓　谭钰薇　译

出 版 人	王　磊	
策　　划	田鑫鑫	
责任编辑	张　镛	
装帧设计	杨西霞	
责任印制	于浩杰　蔡　丽	
法律顾问	中咨律师事务所　殷斌律师	
出　　版	海豚出版社	
地　　址	北京市西城区百万庄大街24号	
邮　　编	100037	
电　　话	010–68325006（销售）　010–68996147（总编室）	
印　　刷	北京金特印刷有限责任公司	
经　　销	新华书店及网络书店	
开　　本	680mm×960mm　1/16	
印　　张	24（全八册）	
字　　数	322千字（全八册）	
印　　数	5000	
版　　次	2021年3月第1版　2021年3月第1次印刷	
标准书号	ISBN 978-7-5110-5147-9	
定　　价	158.00元（全八册）	

著　者：埃米利亚诺·迪·马可

他出生在意大利的托斯卡纳，说话也是托斯卡纳口音；他既是哲学方面的专家，又是佛罗伦萨大牛排的专家。从小，他就常给大人们写故事；现在，他长大了，决定给小朋友们也写一些故事。

插画师：马西莫·巴奇尼

他兴趣广泛，有许多爱好，比如写作、画画、登山、潜水。在艺术和创作上，他和没那么爱运动的埃米利亚诺·迪·马可是合作多年的伙伴。这是他第一次给儿童读物画插图。我们希望他能继续画下去，因为他的画非常棒！

那是一个平静的夜晚，没有一丝风，舒服极了，在这种天气睡大觉、做好梦再合适不过了。当寂静降临人间，奥林匹斯山却刚刚热闹起来，住在那里的众神正在准备晚会，他们将在宙斯宫殿的大厅里唱歌跳舞，一起度过一个美妙的夜晚。不过，他们当中有一个神却一点儿兴致也没有：他就是太阳神阿波罗。太阳神的工作从黎明就开始了，黑暗将要过去时，他便驾着金光闪闪的飞马马车，将太阳拉上高高的天空，等到黄昏时分，他又将太阳拉下山，然后给马儿解开缰绳，接着整理马车。这样，为第二天的工作做好准备之后，他才终于回家。

阿波罗神十分有名，因为他长相俊朗、射箭百发百中。他很爱人类，尤其爱诗人和作家，总是尽可能地帮助他们。就像所有受人尊敬的神一样，他不会老去，也不会死去。然而，永远年轻的阿波罗也有烦心事，那天晚上，他独自坐在角落里，一副若有所思的样子。

太阳神的脸色怎么会这样黯淡呢？狩猎女神阿尔忒弥斯有些担心他亲爱的弟弟。

"发生什么事了吗？阿波罗。"她问道。

"每天黎明就得起床工作，一点儿娱乐的时间都没有，他当然不开心了。"酒神狄俄尼索斯刚好经过，便插了一嘴。他是阿波罗和阿尔忒弥斯同父异母的弟弟，这会儿他刚喝了开胃酒，心情很不错。

"他不是在黎明起床，他就是黎明，狄俄尼索斯。如果他不早起工作的话，太阳就不会升起来。"阿尔忒弥斯对狄俄尼索斯有些不耐烦地回道。

"噢，你说得也对。不过，一个早上不去工作，也不会死人吧？"狄俄尼索斯说。

"你明明知道我不能这么做，狄俄尼索斯。如果我不工作的话，黎明就不会来临，那样的话，雕鸮就得加班，公鸡得一直等着打鸣，而人类搞不清楚是怎么回事，会问个不停的。"阿波罗回应道。

"那就找个人代替你去不就好了。"狄俄尼索斯坚持道。

"拜托，难道麻烦还不够多吗！上一次有人这么做，结果酿成悲剧，你们不记得了吗？"

阿波罗说的就是法厄同，他连拉缰绳都还不会，但为了在朋友们面前耍威风，就随随便便驾走了太阳马车。最后几乎就是场灾难：太阳飞得太低了，炙烤着大地，鸟儿都差点儿被烤熟了。阿波罗担心这样下去，法厄同得把一切都烧了，只好去追他，结果一个人干了平时两倍的活儿。

"不过，让我心烦的也不是工作。"阿波罗叹了口气，这样说道。

"难道是因为女人？"阿波罗的姑姑，美丽的爱神阿芙洛狄忒狡黠地问道。

事实上，虽然阿波罗是众神中最帅气的，但他的爱情却没有那么幸运。只有那么一次，他疯狂地爱上一个名叫达芙妮的仙女。阿波罗健壮、俊朗又聪明，谁见了都喜欢，可偏偏达芙妮就是不理他，为了躲开他，她甚至宁愿变成一棵月桂树！在那之后，阿波罗便将月桂树作为自己最喜爱的树，以此来纪念他对达芙妮深深的爱情。晚上大家都去向女孩子献殷勤了，多愁善感的阿波罗却只想早早睡觉。睡前，他总不忘了去给月桂树浇浇水，渐渐地，月桂树越长越茂密，越长越漂亮了。

"我弟弟才不会因为这种傻事而伤神呢！"阿尔忒弥斯有点生气了。

"其实，姑姑猜对了。"阿波罗纠正姐姐答道。

"看吧！"阿芙洛狄忒得意地对阿尔忒弥斯说。

"不过，不是爱情问题，事情比这复杂多了。"阿波罗幽幽地继续道。

"你看吧！"这次，轮到姐姐对姑姑这样说。

"到底是什么事情这么神秘呢？"阿波罗的父亲宙斯走进房间，想看看是怎么回事。

阿波罗解释道："你们还记得吧，几年前，有一个小孩儿在雅典出生了。因为他出生那天刚好是我的生日，所以他的父母就请我守护他，我也一直关注他的成长。还真让人操心呢。"

"然后呢？"宙斯接着问。

"这个小孩儿叫亚里斯多克勒斯，大家都叫他柏拉图。他想成为一个有智慧的人，于是我就把他送到苏格拉底那里当学生，因为我认为苏格拉底是天底下最好的老师。"

"那么问题出在哪里呢？"宙斯有些不耐烦了。

"问题不是出在苏格拉底，而是出在他的妻子赞西佩身上。这个女人厌恶所有的艺术家、诗人和作家，尤其受不了哲学家。她居然说，这些传播智慧的人都是些游手好闲的懒汉！"

"任何人都受不了那个女人。"阿尔忒弥斯补充说，"我听说，有一次，她去树林里散步的时候被毒蛇咬了，结果受伤的不是她，而是那条毒蛇。赞西佩的血是苦的，那可怜的小动物只尝了一口，就立马上医院了。从此它再也不敢咬人只能吃素了。"

"我的儿子，我还是看不出问题在哪里。如果说这个赞西佩不懂得智慧的价值，那么这是她的损失，不是吗？"宙斯无奈地说道。

"如果问题这么简单就好了。这个赞西佩，为了不让柏拉图上课，可是使出了浑身解数。每次见到柏拉图，她都要劝他去学一门手艺，而不是听她丈夫说废话。再这样下去，柏拉图就成不了智者了……"

"这就是你说的问题吗？年轻人，你就是心肠太软了！"战神阿瑞斯说道。

他接着说："既然有人给你惹麻烦，我也有人可以帮你解决麻烦。福波斯！得摩斯！"

福波斯是恐惧神，得摩斯是恐怖神，他们都是阿瑞斯的手下。他们常常到战场上游荡，把士兵们吓死。如果有哪个神需要教训谁了，就会找他们俩帮忙。

"头儿，您叫我们吗？"福波斯走进来。

"需要我们去收拾谁？"得摩斯把手指关节扳得咯吱响。

"不，不，这可能不太合适。"阿波罗连忙说。

"为什么不？"阿瑞斯问，他对自己想到的办法很是得意。

“因为不管怎么说，苏格拉底很爱赞西佩，我可不想把她吓坏了。我得另外找办法说服她。”阿波罗解释道。

　　“要我看啊，你该去找你的姐姐。解决这种问题，她是最合适的人选了。”宙斯建议道。

　　“哪个姐姐？”阿波罗问他。事实上，阿波罗的兄弟姐妹太多了。

　　“你的姐姐雅典娜，智慧女神。除了她，我实在想不出还有谁能够说服赞西佩了。”宙斯补充道。

　　其他神都表示赞同，阿波罗也觉得这个主意很妙。他马上恢复了好心情，跟父亲道了谢，立即去找雅典娜。

　　此时的雅典娜正在自己的房间里读书。她是一位严肃认真的神，当大家狂欢时，她更喜欢一个人安静地看书。她还是诗人、音乐家和剧作家的保护神，当他们来找她帮忙时，她总是毫不吝啬地给他们建议、灵感和智慧，也难怪她是哲学家们最喜爱的女神了。

雅典娜和阿波罗一样，也是宙斯的孩子，只不过她出生的方式跟阿波罗不太一样。有一天，宙斯突然头痛欲裂，接着，从他的脑袋里蹦出来一个神，这就是雅典娜。她出生的时候已经长大了，身穿华美衣服，头戴士兵头盔，手持能够抵御任何攻击的盾牌。

雅典娜和弟弟阿波罗很合得来，因为她热爱艺术和科学，热爱像太阳那样明亮的事物。她一看到弟弟有点儿忧郁，就赶紧问他出什么事了。阿波罗把事情的来龙去脉原原本本地跟她说了，雅典娜听完，略加思索，问他："所以你是希望我去说服赞西佩，让她不要再烦那个叫柏拉图的小男孩吗？"

"是的，姐姐。"

雅典娜并没有马上同意，因为她很喜欢自己正在读的书，不想停下来。

"说实话，你不要太担心了。我想，这种事情还用不着我出马。不是我傲慢，不管怎么说，我是一个女神，我的时间可是很宝贵的。"

"我跟你说，这个赞西佩是真的很可怕，就算她亲眼见到智慧，她也不会认可它的价值的。"

"我相信你说的，不过，我还是觉得你太操心这个柏拉图了。如果他最后成不了一个大哲学家，那只能说明他根本就没有这个能力。"

"不，我十分确定，柏拉图将会成为一个很重要的人物，甚至是最重要的哲学家，他还会让许多人爱上智慧，也就是爱上你——智慧女神。"

阿波罗知道怎么说服他的姐姐，向人类传播智慧，这是雅典娜无法抗拒的诱惑，也是她的本职工作。雅典娜差不多快要被说服了，她想，不管怎么说，作为智慧女神，她是应该做点儿什么了。

阿波罗打出最后的王牌，"再说了，如果那个小孩儿成为大哲学家，你的城市雅典也将因此而永垂不朽。"

说到这里，阿波罗相信可以完全说服姐姐了，因为她是雅典的保护神，而雅典正是柏拉图居住的城市。当地居民为了纪念她，特意将城市命名为"雅典"，还在雅典最重要的地方——卫城，为她修建了一座宏伟的神庙，在庙里为她树起巨大的黄金象牙雕像。

神庙十分坚实，直到两千五百年后的今天，依然屹立不倒。而雅典娜也为雅典城和雅典人民而自豪，她希望雅典城市繁荣、人民幸福。

最后，为了让弟弟开心，为了雅典城的名声，当然，也为了她对智慧的热爱，雅典娜终于答应帮忙。

"那好吧，阿波罗，这件事就交给我吧。你回去睡一觉，醒来之后，你就会发现事情已经全都解决了。"

"谢谢姐姐。不过，你得告诉我，你想怎么做呢？"阿波罗满怀希望地问道。

"这还不简单！我去梦中王国找赞西佩和柏拉图，他们现在肯定都在那儿。然后，我自然有办法让这个女人不敢再捣乱。"

阿波罗同意她这个主意，于是脸一下子放起光来，又变得像太阳一样光亮了。（他脸上放的光是那么亮，以至于奥林匹斯山附近都有几分黎明的感觉了，几只公鸡迷迷糊糊地起了床。）

于是，雅典娜合上书，去找梦神摩耳甫斯。这个点儿，梦神可忙疯了，他得给所有正在睡觉的人发送梦。那个时候还没有发明电话，邮局也不好用，所以众神需要给人类发送信息的时候，都来找他，这实在很方便。雅典娜到达时，看到梦神正忙得不可开交，他的周围充满了各种奇奇怪怪的、不可思议的东西，就像一个大仓库。

"你好！摩耳甫斯，一切都好吗？"雅典娜问。

"现在不要跟我说话。"摩耳甫斯回答，"我从来就不能好好打个盹。今晚我又有一大堆梦要发送，里面的重要信息实在是太多了，结果呢，又是我还什么都没搞清楚，梦就一团糟地跑出来了。人们总是抱怨，但是他们不知道，我这个发送梦的工作本身就是个噩梦。如果我能再投一次胎，我希望自己能成为尘土之神，或者石头之神，他们的工作应该不错。"

"你听我说，我需要你的帮忙。"她想直接进入正题，只好打断梦神的话。

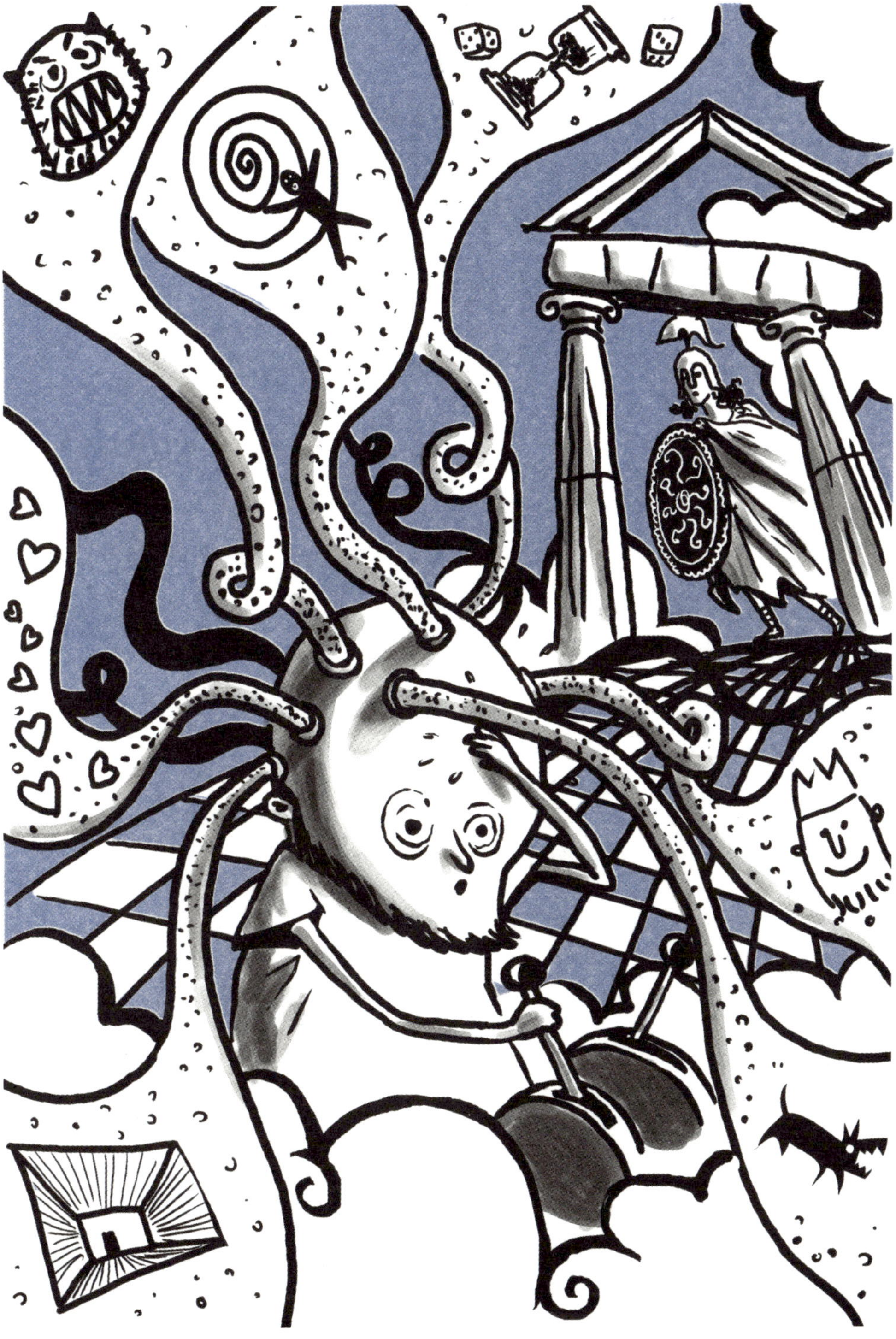

"不要跟我说，你也有信息找我发送！为什么你不直接现身呢？这对大家来说，不都更加容易吗？"摩耳甫斯反问道。

"不，我只想去梦中王国见两个人。"雅典娜的话让梦神平静了些。

"噢，那你自己去吧，从那个门进去。不好意思，我现在得赶紧把这个噩梦发送，它快变模糊了。"

雅典娜走到摩耳甫斯说的那道门跟前，一打开，马上就进入了一个迷人的魔法世界，呈现在她眼前的，是人类所有的梦和创造物。她看到可怕的梦和开心的梦，看到老人变成小孩、小孩变成老人。雅典娜从不慌张，现在她也很冷静，她走进去，去寻找赞西佩的梦。

赞西佩这时正四仰八叉地躺在床上，几乎占据了整张床，把苏格拉底挤到了床边。她睡得很香，做着最喜欢的梦：

在一座整洁漂亮的房子里，她坐在宝座上，很多仆人在她身旁给她扇风，扇子都是用美丽的孔雀羽毛和鸵鸟羽毛做的；苏格拉底正用抹布擦着地板。

"亲爱的，这是多么神奇呀！"

苏格拉底一声不吭。赞西佩看了他一眼，继续说道："真可惜！你没有办法回答。自从我当上了王后，你就成了哑巴。我实在是太开心了。"

这时，外面传来敲门声。

"是谁呢？"赞西佩问。

奇怪，没有一个仆人从她身边走开，她只好从宝座上下来，气鼓鼓地去开门。

"该死的！我发誓，不管是谁来烦我，我都，我，我……"

"你什么？"赞西佩刚开门，就听见雅典娜严肃地问道。

　　女神身穿铠甲，金光闪闪，在她身后站着半睡半醒的柏拉图，他眯着眼东张西望，也不知道自己怎么就到了那里。

　　赞西佩看得目瞪口呆。雅典娜问她："你就是苏格拉底的妻子赞西佩吗？"

　　"是的。"赞西佩回答，心里寻思着，她面前的这个神圣形象究竟是谁。

　　"那你知道我是谁吗？"

　　"说实话，我觉得有点儿眼熟，好像在哪里见过，但我不记得是在哪里。你是码头理发师的亲戚吗？"

　　"不是。"女神很恼火，"我是雅典娜，是你的城市的保护神，我是智慧女神。"

　　"噢！原来我家里来了一位女神！真是荣幸！请进，快请进！还好我丈夫刚刚把屋子打扫干净了。我说得对吗，亲爱的？"

　　苏格拉底继续沉默，勉强表示同意。

　　"赞西佩，我不是来拜访你的，而是来警告你的。"

柏拉图看着这一切，不敢插嘴。他本来也在做他喜欢的梦，梦里他是世界上最伟大的哲学家。然后雅典娜就出现了，让他跟着她走，他就同意了。但是现在，怎么赞西佩也出现了呢，柏拉图担心他的好梦要变成噩梦了。自从跟着苏格拉底学习，柏拉图已经做过各种各样的梦了，什么不可思议的梦都做过了，他还曾梦见和一个神说话，但是，在梦里被一个女神掳走，这还是第一次。他不知道该怎么办。

"那就什么也不做。"脑袋里那个小声音说话了。

柏拉图接受它的建议，先等等，看看接下来会发生什么。

雅典娜开口说："赞西佩，你必须停止纠缠这个小孩儿了。众神希望他将来成为一位智者，你若胆敢违背我们的意愿，你就得遭殃！"

赞西佩静静地听完责备，也不惊慌，慢慢地回答："如果您允许的话，女神，我可以说一件事吗？"

"说来听听！"雅典娜说。看到赞西佩竟然一点儿都不怕，她开始怀疑，这份工作比她原本想的要难多了。为了让赞西佩产生畏惧之心，她甚至用她神圣的声音说话，那可是一般只有在大场面才会用到的！

"您是一位神，关于神的事情，在您面前我没有说话的权利。但是我想问，您结婚了吗？"

"说实话，没有。"雅典娜回答。

"这就解释得通了。您不知道跟一个像我丈夫这样的话痨结婚意味着什么，他整天到处溜达，而我却在家打扫卫生、给他做饭。如果我任由柏拉图听着苏格拉底的胡话长大，成为一个游手好闲的人，可能众神会感谢我。但是，如果这个小孩儿不浪费时间跟我丈夫闲聊，而是去学一门真正的手艺，那么几年之后，他未来的妻子一定会感激我！"

有那么一刻，雅典娜真想去把福波斯和得摩斯找来，但她毕竟是智慧女神，用武力说服人不是她的作风。她深深叹了口气，说："你的丈夫说的其实不是胡话，而是重要而且很有用的。"

"有用？是有用！这些蠢话只能骗骗小孩儿和懒汉！"

雅典娜没有丧气，因为她还有一个秘密武器。

"你错了，我会让你心服口服的。你跟我来！"雅典娜发出了命令。

雅典娜把手轻轻一挥，房子就不见了，仆人和苏格拉底也都不见了。柏拉图和赞西佩跟着雅典娜来到多年前的一个海边城市，这里有一个美丽港口，载满了各种商品的货船从这里出发，在这里到达。

"这就是米利都城，有一个人，我想让你，还有小柏拉图认识一下。"

顺着雅典娜手指的方向望去，他们看见了一个人，他一边走，一边仰望天空。

"他叫泰勒斯，生活在一百多年以前。为了学习天文学和科学，旅行多年后才回到自己的城市。他将会被认为是第一位哲学家。"

"为什么呢？"柏拉图问，"在他之前就没有智者吗？"

"当然有了。"雅典娜回答，"而且有很多，比如有名的'希腊七贤'。虽然是称'七贤'，但实际上有二十二个人。"

"这又是怎么回事呢？"

"当时，为了选出最有智慧的人，每个人都列了一个名单，但是，每个人写的人数都不一样，有的多，有的少，最后把这些名单归在一起，发现一共有二十二个人。不过，所有的名单都有一个共同点。"

"是什么？"柏拉图问。

"是泰勒斯的名字。只有他的名字，出现在了所有人的名单里，就好像大家都不约而同地认为，他就是当时最有智慧的贤人。"

　　"他到底做了什么事情，让大家这么认可他呢？"赞西佩忍不住问。

　　"他是第一个思考世界起源的人，而且没有麻烦我们神，自己找到了答案，并且试着去解释和证明。因此，我们说，泰勒斯是古希腊的第一位哲学家。"

　　雅典娜说话的时候，他们看到泰勒斯还在抬着头走路。走着走着，他突然被绊了一跤，掉进一个深坑里，一群小孩把他团团围住，开始嘲笑他。

　　"我说得没错吧！这些爱吹牛的人，总说一些谁也听不懂的话，结果连好好走路都不会！"赞西佩满意地说道。

　　"一比零，赞西佩暂时领先。"柏拉图脑海里的那个小声音说道。

　　"米利都的居民也是这么想的。但是我们还是先看看故事的结尾，再做判断吧。某人脑海里的小声音啊，也不要着急下结论。因为我是女神，所以我什么都听得见，知道吗？"

　　"知道了。"柏拉图感到有点不好意思，脸红了。

　　泰勒斯生气地从坑里爬出来，往家里走去，一边走一边大声说："他们说我一无是处？好，我要让他们都好好看看！"

　　回到家，他开始观测天空，做了好多复杂的计算。过了一会儿，他满怀信心地走出家门，口袋里装满了他所有的积蓄，他用这些钱买下了全城所有的榨油机，就是专门榨橄榄油的机器。

　　"噢，他都买了些什么？他是疯了吗？"赞西佩问。

　　"他才不疯呢。你们知道，米利都因为盛产橄榄油而非常出名，几乎所有的居民都种植橄榄。泰勒斯经过观测和计算，知道这一年夏天将会很热，一定会有很好的收成。于是……"

雅典娜又把手一挥，这个场景也不见了，眼前出现了另一个场景：泰勒斯正端坐着，身后有一大堆金子，而在他家门前，他的同乡们排了长长的队，等着付给他钱。

"于是，大家都来找他，求他租给他们一个机器呢。泰勒斯因为有先见之明，买下了所有的榨油机，所以当大家需要榨油的时候，就都得找他；而且他又是全城唯一一个拥有榨油机的人，这样一来，他就可以决定价格。正是因为智慧，泰勒斯才变得富有。而其他人，尽管收成比往年都要好，但却赚得很少，或者几乎没有。"

柏拉图呆呆地看着这场景。雅典娜满意地笑了。

"不。那个泰勒斯会变得富有，但是我的丈夫却难说。他把时间都用来闲扯了，哪里会存钱呢?

"我都不敢奢望他能给我买一个女仆，更别说买下整个城市的榨油机了！"

雅典娜没有放弃，她把时间调快，现在他们看到的是不一样的米利都：居民们闷闷不乐，港口船只很少，而泰勒斯埋在一大堆废纸里，正做着计算。

"为什么大家都一脸担忧的样子呢？"柏拉图问。

"因为波斯人和吕底亚人打起来了，商人们害怕战争会打到米利都，都逃走了。"

"你们看看这哲学家，亲朋好友都大难临头了，他自己却吊儿郎当地在看星星！"赞西佩说。

泰勒斯完成了他的计算，走到大广场，用警告的语气对大家说：
"居民们！你们得去找波斯人和吕底亚人谈谈，恳求他们不要再打仗了。

“因为我听见众神很生气地说，如果我们这些邻居不停止战争，众神将会把太阳熄灭！”

大家都当他是傻子，但是几秒钟之后，太阳光便开始减弱，直到完全消失，白天变成了黑夜。当光线又回到米利都的时候，居民们把泰勒斯的话传遍了全城。几天之后，战争就结束了。于是，米利都又恢复了昔日的美丽和繁荣，港口也有了新的船只。

“他是怎么做到的？”柏拉图问。

“泰勒斯运用他的天文学知识，通过计算，预测会出现日食。这是一种自然现象，在某一个白天，月球挡住太阳的光，人们在地球上看，就好像太阳不见了一样。泰勒斯正是利用天文学知识，使战争结束。”雅典娜回答完，又转向赞西佩说：“这下可以说服你了吧？”

“当然不可以！这个泰勒斯是个骗子！”

“泰勒斯还为人类作了许多贡献，我刚才说的只是一小部分

而已。"

雅典娜努力保持镇静。

"比如他通过测量影子，计算出金字塔的高度。"

"这又是怎么做到的？"柏拉图问。

"他取来一根棍子，测出棍子的高度、棍子的影子长度和金字塔的影子长度，然后用比例计算出来。"

"就这些吗？"赞西佩觉得这些都是无聊的傻事。

"他做的可远远不止这些。"雅典娜有些不耐烦了，"连吕底亚的国王也去找他帮忙，因为他的士兵被河流拦住了去路。他把河水分成两股，于是士兵就能跨过河了。"

赞西佩盯着雅典娜，她依旧没有被打动。于是女神接着说："他第一个发现，北极星总是指向北方，而且它属于小熊座。他的这个发现，给海员的生活带来了便利。"

"都是些给国王和海员的东西，可对我一个家庭主妇来说，这些根本没什么用处。"赞西佩不满地说道。

"是他把一年分成了365天，你每天看日历的时候，可得感谢他。"

"如果我没有那么多事情要忙的话，我会感谢他的，可我现在连看日历的时间都没有。自从我嫁给这个懒汉之后，每一天都是同一天：都是打扫卫生的日子！……也许泰勒斯真的会成为很厉害的人，但是，我想知道他的妻子是怎么看待他的。"

"泰勒斯没有结婚。他的母亲赛洛布琳催促他结婚，给他介绍了好多女孩子，但是他连看都不看她们一眼，每次都说，'现在结婚还太早了'。

"许多年后，当母亲再问他时，他却说，'现在结婚太迟了'。有人问他怎么没有孩子，他回答，这是为了孩子好。"雅典娜解释道。

"这不就对了！他是伟大的智者，但却找不到一个可以忍受他的女孩子，就像我忍受苏格拉底一样！"赞西佩回答。

雅典娜长长地叹了口气，尽量克制自己，保持着冷静。

"泰勒斯没有孩子，但是他有很多学生，对于他们来说，泰勒斯就像父亲一样。喏，就像他旁边的那个小男孩儿。"雅典娜说着，手指向一个小男孩儿。泰勒斯正在给他上课。

"他是谁？"柏拉图好奇地问。

"他就是阿那克西曼德。他绘制了第一张全球地图；用太阳投射影子的原理来划分时刻；还成功预测了一次地震，救了很多人的生命。如果他没有听泰勒斯讲课、花时间学习，他就不会有这些成就。"雅典娜平静地解释道。

"如果他不经常和泰勒斯闲聊，而是把时间花在别的地方，也许可以做更多事情。"赞西佩丝毫没有被说服。

雅典娜的耐心已经快要耗尽了，可赞西佩依然坚持自己的看法，无论哲学家的贡献有多么伟大，都无法说服她。雅典娜心想，可惜自己是智慧女神而不是巴掌女神，不能用打巴掌解决问题。既然如此，那么她只好换一种方法，她让眼前的场景消失，让赞西佩看另一个场景。

于是，在柏拉图和赞西佩面前，出现了成千上万的男男女女，比希腊所有的居民加起来还要多。他们都没见过这么多人，而且这些人之间竟然如此不同！有缠着穆斯林头巾的阿拉伯人，有身穿铠甲的骑士，有中世纪僧人，还有很多外表奇特的人，猜不出是从哪里来的，也许他们国家的名字，他们连听都没听过。这么多人，连成一片，像一幅巨大的画，一眼望不到尽头。

"这些人都是谁？"柏拉图、那个小声音和赞西佩异口同声地问。

"这些人信不同的神，他们将会生活在不同的时代，生活在遥远的国度，但是他们有一个共同点。"雅典娜说。

"是什么呢？"柏拉图急忙问。

"那就是，在接下来的几个世纪里，这些人将会受到苏格拉底和柏拉图思想的影响。你的名字将会被记入史册。当不再有人找我帮忙，不再有尊崇我的神庙的时候，人们还会记得你。"

"这么说，我们还挺重要的！"那个小声音喊道。

“你可以大声地、肯定地说这句话。”听到那个小声音的话，雅典娜这样告诉它。

“你们都别说了！”赞西佩插嘴道，“这些人不可能会记住我的丈夫。他爱唠叨，老是胡说八道，而且还懒，懒到什么东西都不写，连写购物清单都不会！”

“我告诉你，赞西佩，正是这个小孩，将记录和传承你的丈夫的思想，让他和你永垂不朽。”雅典娜一边回答，一边摸摸柏拉图的头。

赞西佩听得目瞪口呆，而雅典娜却满意地看着她，说：“你正在想，哲学是多么重要，对吗？”

“当然不是！”赞西佩顽固地回答道。

“不是吗？”雅典娜、柏拉图还有那个小声音都惊呆了。

“绝对不是！我是在想，将来还会有多少浪费时间的人！他们都是单身汉吗？”

雅典娜绝望了。她尝试过的方法都无法说服赞西佩。不过，雅典

娜还有最后的秘密武器。

　　"赞西佩，我不想被逼到使用武力，不如我们商量一下，做个交易吧，我实现你的一个愿望，作为交换，你答应我，让柏拉图好好学习，不要打扰他。"

　　赞西佩想了一会儿，说："好吧。如果我能够至少一星期听不见我丈夫的蠢话，我就答应你。可以吗？"

　　雅典娜狡黠地笑了，说："噢，当然可以了。这也会给你一个大大的教训：哲学除了许多其他的用处之外，它还教人们明白，什么才是自己真正想要的东西；为了得到正确的答案，怎么提出问题。你的愿望我会满足的。"

没等赞西佩回答，雅典娜就消失了，把柏拉图也带走了。她把他带回他自己的梦里，跟他说了再见，自己才拖着疲惫的身躯回到奥林匹斯山。回房间睡觉之前，她去找了弟弟阿波罗，告诉他，困扰他的问题已经解决了。

　　第二天，太阳照常升起来，但比平时更加耀眼。

　　柏拉图醒来，感觉做了一个美妙的梦，尽管他什么都不记得了。

他感到一股强烈的学习欲望，于是马上跑到老师家里。

　　到老师家的时候，苏格拉底正开心地吹着口哨；而赞西佩却坐在角落里，生气地瞪着他。奇怪的是，她并没有像平时那样大喊大叫。

　　"老师您好！您的妻子怎么了？"柏拉图问。

　　"说出来你可能不信，但是今天早上，她起来之后，就什么也听不见了，可能是因为得了什么奇怪的疾病吧。她还失声了，说不了话。"苏格拉底回答。

　　"严重吗？"柏拉图很担心。

　　"不，没那么严重。医生说会持续一个星期左右。现在我们走吧，我们得开始上课了。"

　　在那个梦之后，赞西佩收敛了许多，批评哲学家不那么刻薄了，也不打扰柏拉图的学习了。最后，柏拉图真的成为一名大哲学家，就像雅典娜说的那样。

问答点滴……

苏格拉底是谁?

苏格拉底,一个真实存在的人,古代最重要的哲学家之一。他出生于公元前 469 年(一说公元前 470 年),也就相当于两千五百年前。他的爸爸是一个雕塑家,妈妈是位助产婆。他做过很多事情,还当过兵。据说他总是一动不动地思考问题,即使在很危险的地方。他的妻子叫赞西佩,他俩生了三个孩子。我们之所以记住苏格拉底,更因为他是一个伟大的老师。可惜的是,他的行为方式导致很多人把他当成敌人,以至于后来,他们把他送上了法庭。最后,他还被法庭判处了死刑。苏格拉底本来是可以逃走的,但是他宁可死也不愿意离开他钟爱的雅典城。

柏拉图是谁?

柏拉图,苏格拉底所有学生当中最聪明、最有名的一个。在他的老师死于监狱后,柏拉图决定把老师讲课的内容记录下来,编辑成书。因为苏格拉底生前一直忙于教学,没有时间写作,所以他什么文字都没有留下来。我们今天读的这个故事和很多其他故事,都是因为柏拉图的记录才得以保存下来。柏拉图记录了苏格拉底和其他人的谈话内容,并在这些谈话中体现出了苏格拉底的思想。

泰勒斯是谁？

泰勒斯，约出生在公元前639年的米利都。当时的米利都是一个重要的港口城市，来往的商人、旅客络绎不绝。年轻的泰勒斯，为了学习远走他乡，在外旅行多年，他曾游历埃及，足迹几乎踏遍整个地中海地区。回到家乡时，他已经成为那个时代学识最渊博的人之一，于是他开始从事科学研究，用今天的话来说，他就是"科学家"。他精通的领域是水利工程；因为痴迷于水，他甚至提出了"水是万物之源"的理论。泰勒斯没有留下文字著作，许多残篇都是由柏拉图的学生亚里士多德传下来的。泰勒斯之所以如此重要，不是因为他是第一个思考哲学难题的人，而是因为他首先摆脱了宗教束缚，在宗教之外寻找问题的答案。正因如此，一直以来，泰勒斯被视为西方哲学的开端，是西方哲学的第一人。

阿那克西曼德是谁？

阿那克西曼德，约出生于公元前610年，和泰勒斯一样，他也是米利都人。他是泰勒斯的学生，据说也是泰勒斯的亲戚。对于他的生平，我们知之甚少，只知道他也去过很多地方，还在黑海海岸建立了一个城市，叫阿波罗尼亚。他的著作几乎失传，现存的片段也是由亚里士多德传下来的。他跟老师泰勒斯的观点不同，认为万物的起源不是水，而是一种叫"阿派朗"的物质，"阿派朗"的意思是"无限定"，或许它就是无穷无尽的。

故事点评：

你刚才读到的故事是根据第欧根尼·拉尔修、奥洛·加利奥等许多古代作家写的哲学家趣闻改编的。在古代，哲学家非常受欢迎，民间流传着许多关于他们的故事，有的严肃，有的有趣，有些是真实的，也有些完全是编造的。今天，我们通过这些故事，不仅能够了解很多年前人们的生活，还能了解当时人们对哲学家和哲学的看法。